Esther Kraft

Wenn wir die Sterne mit unseren Herzen sehen

ESTHER KRAFT

Wenn wir die Sterne mit unseren Herzen sehen

Mit dem **kleinen Prinzen** durch den **Advent**

benno

Vorwort

„Du hast mir zugehört. Nur wer mit dem Herzen hört, wird anderen Mut zum Singen geben. Du hattest Geduld mit mir. – Manchmal müssen wir lange auf etwas warten. Dadurch gewinnt es aber gerade seinen Reichtum für uns. Vieles wird uns nicht einfach so geschenkt. Aber dann, wenn es da ist, können wir uns umso mehr freuen."

Die Menschen haben diese Wahrheit vergessen ...

Plötzlich, am Rande der Menschenmenge entdecken Sie ein kleines Wesen. Es scheint nicht ganz in diese Welt zu gehören. „Kennen Sie den Sinn von Weihnachten?" Die Frage lässt Sie mitten auf dem Weihnachtsmarkt aufhorchen. „Kennen Sie den Sinn von Weihnachten? Ich suche ihn." Immer klarer wird es, dass die Frage Ihnen gilt. Sie drehen sich um. Vor Ihnen steht der kleine Prinz.
Sie trauen Ihren Augen kaum. Er ist zurückgekehrt! Unglaublich! Alles in Ihrem Kopf dreht sich. Sie müssen an seinen Planeten denken und die Rose. Wie geht es ihr, die ihn so beschäftigte und um die er sich so sorgte? Der kleine Prinz lächelt. Er scheint Ihre Gedanken zu lesen.
„Kennen Sie den Sinn von Weihnachten?", fragt er wieder. Unsicher und verlegen schauen Sie ihn an und überlegen, ob seine Vulkane noch gekehrt werden

müssen. Ihnen kommt das Bild der Affenbrotbäume in den Kopf und zuletzt der Schlange, die durch den Sand zischte.
„Die Fragen ändern sich!", sagt der kleine Prinz. „Es wird aber immer nur eine Frage geben, auf die man eine Antwort finden kann – es ist die, die einen gerade beschäftigt. Morgen ist es vielleicht eine andere. Und übermorgen auch." Sie fassen Vertrauen und lächeln. Der Sinn von Weihnachten? Was für eine Frage. Sie überlegen, ob Sie jemals daran gedacht haben. „Manches ist für uns immer da gewesen!", erklärt der kleine Prinz. „Aber wir entdecken es neu. Auf einmal verstehen wir die Dinge anders." Sie schauen den kleinen Prinzen an. „Doch wir brauchen Fragen. Ohne sie gehen wir nicht weg oder wir vergessen oder wir werden gleichgültig."

Plötzlich merken Sie, wie der kleine Prinz Sie mit auf seine Reise nimmt ...

Esther Kraft

Gott,
hilf du mir, auf die außergewöhnlichen Momente
des Lebens nicht zu warten,
damit ich das kleine Glück des Alltags
nicht verpasse.
Lehre mich, den Reichtum meines Lebens zu entdecken, sodass unerfüllte Wünsche mich nicht verbittern.

In Zeiten der Hektik und der Rastlosigkeit
schenke mir Augenblicke der Ruhe und Stille,
um zu mir zu finden und das Wesentliche
vom Unwesentlichen unterscheiden zu können.

Verleihe mir die Akzeptanz, dass Verluste
und Enttäuschungen Teil des Lebens sind,
und öffne mir die Augen für ihre Chance,
am Schmerz zu reifen
und Neues zu gestalten.

Du weißt, wie schwer es oft ist,
sich nicht von Gefühlen treiben zu lassen.
Mache mich zu einem besonnen Menschen,
der auf seinen Verstand hört
und sein Herz nicht vergisst.
Stelle du mir Menschen in den Weg,
die ehrlich mit mir umgehen,
ohne mich zu verletzen,
und trotz all meiner Fehler mit mir weitergehen.

Das kostbarste Geschenk des Lebens,
die Freundschaft,
will ich behutsam pflegen

im Bewusstsein, wie zerbrechlich sie ist
und wie wenig verfügbar.

Ich möchte zu einem großzügigen Menschen
werden,
der in dem anderen zuerst das Gute sieht
und ihn nicht auf seine Schwächen festlegt.
Unterstütze mich darin, nicht mit Launen
und Kleinlichkeit
Beziehungen zu belasten.

Stärke in mir das Vertrauen,
dass das, was für mein Leben wichtig ist,
passiert zu seiner Zeit,
auch wenn es unerfüllte Träume
und Sehnsüchte gibt.

Dann wenn ich das Leben loslasse
in dem Bewusstsein seiner Ewigkeit,
werde ich es gewinnen.

Lass die Bereitschaft, im Leben warten zu können, reifen und öffne den Blick dafür, dass Umwege und Irrwege nicht verlorene Zeit sind,
sondern Momente wichtiger Erfahrungen.
Gib mir den Glauben,
dass es oft gerade die kleinen Schritte sind,
die mich voranbringen.

Die Gedanken sind teilweise angelehnt an das Gedicht von Antoine de Saint-Exupéry: „Die Kunst der kleinen Schritte" (aus: Die Stadt in der Wüste).

Auf der Suche

Es war Adventszeit. Die Menschen hasteten an mir vorbei – beladen mit Einkaufstaschen, Schachteln und Paketen. Einige trugen sogar einen Weihnachtsbaum. Ich schaute ihnen zu. Eigentlich interessierte mich die Adventszeit nicht besonders. In meinem Leben hatte ich schon zu viele Adventszeiten erlebt. Zu viele, um mir noch Gedanken zu machen. Auf einmal entdeckte ich in der Menge ein kleines Wesen, das sich umblickte und nicht richtig zu wissen schien, wo es hingehörte. Es sah seltsam aus, fast wie ein Kind und dann doch wieder nicht. Niemand außer mir schien es wirklich bemerkt zu haben. Verloren wirkte es im vorweihnachtlichen Abendgeschäft. Lange beachtete es mich überhaupt nicht. Dann kam es langsam auf mich zu und musterte mich von oben bis unten. Schließlich sagte es: „Ich suche den Sinn von Weihnachten.“ Dabei schaute es mir direkt in die Augen, so als ob ich eine Person wäre, die sich damit befassen müsste. Über diese philosophische Frage rümpfte ich erst mal die Nase, holte langsam ein Taschentuch heraus und schnäuzte mich, weil es mir unangenehm war, so auf offener Straße angesprochen zu werden. Zögerlich sah ich auf meine Uhr. Eigentlich hatte ich nicht viel Zeit. Das kleine We-

„Wie eilig sie es alle haben,“ sagte der kleine Prinz, „wonach suchen sie denn?“

sen beobachtete aufmerksam die Menschen, die an ihm vorbeiliefen. Dann sah es mich fordernd an. „Wie eilig sie es alle haben," sagte der kleine Prinz, „wonach suchen sie denn?" Ich schaute wieder auf meine Uhr, doch ich blieb stehen.

Da sah ich ein kleines, höchst sonderbares Kerlchen, das mich mit ernster Miene betrachtete.

2

Kindheitserinnerung

Doch plötzlich erinnerte mich das, was dieses kleine Wesen sagte, an meine Kindheit. Damals, an einem Adventstag, ungefähr eine Woche vor Weihnachten, hatte ich auch diese Frage gestellt: „Warum feiern wir Weihnachten?“ Mitten in den Weihnachtsputz meiner Mutter hinein. Meine Mutter hatte für einen Moment ihren Staubwedel beiseitegelegt, mir über die Haare gestrichen und gesagt: „Weil da das Jesuskind geboren ist.“ Mehr sagte sie nicht, denn sie entdeckte eine fürchterlich dicke Spinnwebe, die hoch an der Decke hing und für die sie jetzt unbedingt den Besen suchen musste. So gab es nicht viel mehr Zeit für meine Fragen. Ich habe das Jesuskind dann gemalt, denn es beschäftigte mich natürlich weiter. Stolz zeigte ich meiner Mutter die Zeichnung, aber sie sagte nur: „Was ist das für ein Junge? Willst du nicht etwas wirklich schönes Weihnachtliches malen? Einen Tannenbaum mit Kerzen zum Beispiel? Du könntest das Bild an Weihnachten deiner Patentante schenken!“ Ich war etwas enttäuscht, denn warum sollte der kleine Junge, den ich gemalt hatte, nicht wirklich das Jesuskind sein? Aber meine Mutter sah das

> Die Erwachsenen verstehen nie von selbst etwas, und für Kinder ist es anstrengend, ihnen immer alles erklären zu müssen.

anders. Die Erwachsenen verstehen die Kinder anscheinend nie sehr gut. Und jetzt war ich erwachsen und überlegte. Nein, diese seltsame Frage nach dem Sinn von Weihnachten konnte ich nicht beantworten. Aber ich sagte dem kleinen, unbekannten Wesen: „Ich kann dir etwas malen. Etwas Weihnachtliches."

In meinem Alter ist es schwierig,
sich noch einmal aufs Zeichnen einzulassen.

3

Die Realität malen

Auf einmal überkam mich wieder diese kindliche Freude am Zeichnen, die ich damals an jenem Adventstag gespürt hatte. Mit großen Augen wurde ich beobachtet, jeder Strich verfolgt. Ich malte es genauso, wie ich es damals gemalt hatte. „Danke!“, sagte das Wesen, nachdem ich mein Werk vollendet hatte, und besah sich zufrieden die Zeichnung. „Das ist das Jesuskind. Ich sehe es hier vor meinen Augen“, sagte das kleine Wesen. Ich malte meinem neuen Bekannten noch mehr Bilder und ich wunderte mich über meine künstlerischen Leistungen, denn jedes Mal wusste er sofort, was ich mit dem Bleistift zu Papier gebracht hatte. Meine Finger schmerzten vor Kälte. Ich hätte ja mit meinen dicken Handschuhen keinen Stift halten können. Aber ich spürte, dass ich meinem kleinen Freund eine ungemeine Freude mit all dem bereitete, was für ihn wirkliche Realität zu sein schien. Bei den Hirtenhunden erschrak er plötzlich und wollte aufspringen. „Sie werden mich beißen!“, rief er. Ich musste den Hunden, um ihn wieder zu beruhigen, einen Maulkorb zeichnen, obwohl ich der festen Überzeugung war, dass dies in der Weihnachtsgeschichte sicher nicht vorgekommen sei. Als ich den Weihnachtsstern gezeichnet hatte, stutzte er.

Auf dieses Weise lernte ich den kleinen Prinzen kennen.

Ich frage mich, ob die Sterne leuchten,
damit jeder eines Tages seinen wiederfinden kann.

Der Weihnachtsstern

Fast zärtlich streichelte er über den Stern. „Er hat mich geführt!“, sagte er. In seiner Stimme schwebte Ehrfurcht und Bewunderung. „Er ist so hell wie nichts anderes.“ Ich blickte zum Himmel empor. Doch ich entdeckte nichts außer ein paar Flugzeugen, deren Lichter im Landeflug leuchteten. Er sah mich verständnisvoll an, räusperte sich, „Du weißt!“, sagte er leise. „Wir sehen nicht alles. Aber wir werden immer sehender. Ich habe ihn zuerst auch nicht gesehen. Er war nicht da, wo ich suchte ... Wie bist du hierhergekommen?“, fragte er mich. „In diese Stadt, wo die Menschen aneinander vorbeilaufen, ohne sich zu kennen?“ Ich zuckte mit den Schultern. „Ich habe immer schon hier gelebt“, gab ich ihm verunsichert zur Antwort, denn ich wusste nicht, was diese Frage sollte. „Man kommt doch irgendwo her!“, erklärte er. „Und irgendwo geht man hin.“ Langsam erfuhr ich seine Geschichte. Er nannte sich einen Prinzen, der eigentlich im Weltall auf einem kleinen Planeten lebte. Auf diesem Planeten gab es eine Rose, die ihn sehr glücklich machte. Für sie fühlte er sich verantwortlich. Jeden Tag freute der kleine Prinz sich aufs Neue, sie zu sehen, und kümmerte sich um sie. Doch eines Tages geschah etwas Furchtbares: Die

> Die Sterne sind nicht für alle Menschen dieselben. Für die Reisenden sind sie Wegweiser.

Rose war verschwunden. Nichts war mehr von ihren wunderbaren Blüten übrig. Der kleine Prinz wollte sie begrüßen, wie an jedem Morgen, doch keine Tautropfen glänzten in der Morgensonne und kein Blütenduft lag in der Luft. Sie war weg, die Rose. Mit großem Entsetzen starrte er auf die Stelle, wo sie gewachsen war und geblüht hatte.

Es war einmal ein kleiner Prinz, der wohnte auf einem Planeten, der kaum größer war als er selbst …

Die Reise beginnt

Der kleine Prinz hatte keine Erklärung dafür. Schließlich vermutete er, dass ein wildes Tier auf seinen Planeten gekommen war und die Blume abgerissen hatte. In tiefer Trauer beschloss der kleine Prinz, seinen Planeten zu verlassen. Ohne seine Rose machte das Leben dort für ihn keinen Sinn mehr. Verzweifelt flog er durch das dunkle Weltall. Schließlich kam er zu einem anderen Planeten. Dort entdeckte er als Erstes ein großes Fernrohr und an den Abenden schaute er in die Ferne, ließ seine Blicke schweifen. Aber er fand nie etwas Besonderes. Nie etwas, das ihn auf Dauer wirklich gefesselt oder fasziniert hätte. „Wir schauen zu den Sternen", sagte er sich. „Vielleicht, weil wir unsere Nichtigkeit nicht ertragen können. Wir wollen etwas entdecken, etwas bewundern. Doch die Sterne verglühen. Einer nach dem anderen. Und in uns erlischt wieder alles, was wir empfunden haben. Dann suchen wir einen neuen Stern." Der kleine Prinz wischte den Sternenstaub von seinem Teleskop. „Das ist das Leben: eine Suche. Manche merken es noch nicht einmal."

Nur die Kinder wissen, wonach sie suchen.

„Aber was bedeutet ‚vergänglich‘?“, wiederholte der kleine Prinz, der nie eine Frage vergaß, die er einmal gestellt hatte. „Das heißt: ‚von baldigem Verschwinden bedroht sein‘.“

6

Zu viele Blumen

Irgendwann begann der kleine Prinz den neuen, unbekannten Planeten zu erforschen. In der Mitte des Planeten floss ein glasklarer Fluss. Der kleine Prinz hätte ihn mühelos überqueren können, mit einem Boot durch das rauschende Wasser fahren oder sogar hindurchschwimmen. Aber er ging nie an das andere Ufer. Vielleicht war es eine Art Ehrfurcht. „Ich möchte nirgendwo einbrechen!“, sagte er sich. „Denn man weiß nie, wem das Land auf der anderen Seite gehört.“ Und so blieb er Tag aus Tag ein in einem wundersamen Park, den er auch gefunden hatte.

Auf das, was Blumen sagen, darf man gar nicht achten. Man muss sie anschauen und einatmen.

Dort wuchsen die exotischsten Pflanzen und herrlichsten Blumen. Gerne hielt er sich zwischen all den wunderbaren Blüten, die in ihren prächtigen Farben leuchteten, auf und bestaunte alles. Die Blumen senkten dann ihre Köpfe, freuten sich und kamen sich wichtig vor. Sie tuschelten: „Siehst du, er kommt nur wegen uns.“

An einem Tag, als der kleine Prinz wieder seine Spaziergänge unternahm, rief die Orchidee: „Ich bin die Königin. Ich bin die Schönste. Keiner hat meine Anmut.“ Da fiel ihr die Rose ins Wort: „Was du dir einbildest! Gibt es etwas, das es mit meiner Grazie aufnehmen könnte?" Dann schrie sie: „Du nimmst mir die Sonne weg. Die ganze Morgensonne bekommst du!" Die Orchidee erwiderte gereizt: „Sei endlich mit deinem Platz zufrieden. Ich könnte mich beschweren, dass du mir nachmittags zu wenig Schatten spendest." Der kleine Prinz wollte etwas sagen, doch er konnte nicht.

Er verstand sie nicht mehr, diese Blumen, und in der Nacht floh er in den Sternenhimmel. Er erwartete niemanden, denn er war es gewohnt, allein zu sein. Er dachte über seine Rose nach und darüber, dass er sie verloren hatte. Und mit ihr seine Heimat. Der kleine Prinz sagt sich: „Ich kenne nur noch die vielen Blumen. Weil ich meine Blume vergesse."

Ihr seid zwar schön, aber ihr seid ohne Bedeutung.

Die Begegnung

Immer öfter dehnte der kleine Prinz seine Spaziergänge bis zum Flussufer aus, denn er wollte den Streit im Garten nicht mehr hören. Am Wasser blieb er stundenlang sitzen und lauschte den Wellen.

Eines Tages entdeckte er, wie durch einen Zufall, er hatte eigentlich einen Vogel beobachten wollen, der von Stein zu Stein hüpfte, eine wunderbare Blume. Sie wuchs fast direkt am Wasser auf der anderen Seite des Ufers. Sie war etwas ganz Besonderes, wie der kleine Prinz fand. Vorsichtig senkte sie ihr Köpfchen zum Wasser. Sie war noch nicht sehr groß, aber sie hatte schon eine wunderbare Blüte. Dem kleinen Prinz verschlug es den Atem und irgendwann nieste er. Vor Glück. Da sah ihn die Blume an und lächelte. Aber sie tat es nicht mit einem Stolz, so wie die Blumen im exotischen Garten, nein, sie lächelte einfach. Wenn du und ich sie gesehen hätten, vielleicht wäre uns diese Blume gar nicht so wundersam erschienen. Mag sein, wir hätten sie sogar übersehen. Denn jeder sieht mit anderen Augen. Der kleine Prinz jedoch freute und freute sich. „Sie ist anders als die Blumen im Garten!", sagte er. „Diese Blume habe ich entdeckt. Niemand weiß, wer ihren Samen zum Fluss getragen hat."

Auf dem Planeten des kleinen Prinzen wuchsen schon immer Blumen, freilich ganz einfache. Aber diese Blume …

„Hier ist das Geheimnis: Man sieht nur mit dem Herzen gut. Das Wesentliche ist für die Augen unsichtbar. Die Menschen haben diese Wahrheit vergessen, aber du darfst sie nie vergessen."

Willkommen

„Ich sollte zu ihr gehen!“, beschloss er am nächsten Morgen. „Sie ist wunderschön, diese Blume.“ Als er jedoch auf das Wasser schaute, stellte er mit Bedauern fest: „Hier fließt ein Fluss. Man kann ihn nicht gedankenlos durchschreiten. Es wäre töricht und die Blume würde mich verachten.“ Sicher, man könnte den kleinen Prinzen belächeln für seine Zurückhaltung. Aber er war eben ein Edelmann, der Grenzen respektierte. Täglich beobachtete der kleine Prinz dieses zarte Pflänzchen, das immer üppiger zu blühen begann. Sehnsüchtig bewunderte er ihre Schönheit. Jedoch wurde er auch traurig. Irgendwann entdeckte er kleine Tröpfchen an ihren Blättern. Ihm wurde das Herz schwer. „Sie weint!“, sagte er und wandte seinen Blick ab. Doch dann begriff er, dass dieser Fluss keine Trennung war. Der Vogel sagte es ihm, der nun über den Fluss flog. „Durchschreite das Wasser. Niemand wird dich zurückdrängen.“ Der kleine Prinz überlegte. Er fürchtete sich. Er wusste nicht, ob er wirklich willkommen war. Aber er wollte weitergehen. Als er vorsichtig seine Füße ins Wasser setzte, spürte er, wie sanft es war. Es fühlte sich leicht an und trug den Prinzen. Fast dachte er, dass es ihn frei von allem Schmerz mache. „Irgendwann wirst auch du gehen. Man bleibt an seinem Ort nicht für immer. Für immer bleiben nur

Man ist niemals zufrieden dort, wo man ist.

die, die sich nicht verändern wollen. Die anderen gehen." Die Rose lächelte ihn an. „Sei willkommen, kleiner Prinz!", sagte sie. „Ich habe dich schon erwartet." Die Blume war in helles Licht getaucht. Es war, als ob Abermillionen Sterne sie umgaben.

Nicht nach dem, was sie sagte, sondern nach dem, was sie tat, hätte ich sie beurteilen müssen.

Die Christrose

Der kleine Prinz schämte sich. Warum hatte er sich nicht schon früher durch das Wasser gewagt? „Ich bin eine Christrose“, sagte sie. „Was ist eine Christrose?“, fragte der kleine Prinz. „Eine Rose, die immer blüht und die nie vergehen kann“, antwortete sie. – „Meine Rose hat aufgehört zu blühen!“, bedauerte der kleine Prinz. „Ich weiß!“, sagte die Christrose. „Dein Schmerz und deine Sehnsucht haben dich zu mir gebracht.“ – „Sie ist verschwunden!“, klagte der kleine Prinz über den Verlust seiner Rose. Dann sah er die Christrose an. „Woher kommst du?“ Die Christrose lächelte. „Ich war immer schon da und werde immer sein. Es entdeckt mich allerdings nicht jeder. Nur die, die auf die Suche gehen.“ Der kleine Prinz staunte. „Ich wusste das gar nicht“, sagte er bescheiden. Die Christrose betrachtete ihn lange. Der kleine Prinz war verwirrt. Dann sagte die Rose: „Du kannst es auch nur glauben. Manche Dinge im Leben kann man nur glauben.“ –„Was ist ‚glauben‘?“, fragte der kleine Prinz. „Glauben ist“, sagte die Rose, „das für wahr halten, an dem andere zweifeln.“

> Es waren seine beiläufigen Bemerkungen, aus denen ich mir nach und nach zusammenreimte, was er verschwieg.

Wenn jemand eine Blume liebt, die es nur
ein einziges Mal gibt auf den Millionen und
Abermillionen von Sternen, dann braucht er nur zu
den Sternen hochzuschauen, um glücklich zu sein.
Er sagt sich: Meine Blume ist da oben, irgendwo ...

10

Gleichgültigkeit

Die Menschen nehmen sich nie genug Zeit, irgendetwas kennenzulernen.

Der kleine Prinz wurde nachdenklich. Aber auch froh. Er verließ den seltsamen Planeten und flog in das dunkle Weltall. Irgendwann meinte er plötzlich ein Raunen und Zischen zu hören. Der kleine Prinz machte sich die Mühe, genauer zuzuhören und lauschte. „Bald ist wieder Weihnachten!“, hörte er sagen. Der kleine Prinz hielt einen Moment inne und lauschte weiter dem Flüstern. „Die Menschen sind gleichgültig geworden. Sie fragen nicht mehr. Sie haben ihre Fragen vergessen. Zu sehr sind sie mit anderen Dingen beschäftigt. Sie wollen den Grund des Weihnachtsfestes nicht mehr wissen.“ Der kleine Prinz dachte bei sich: „Dann ist es eine sehr wichtige Frage, die nach dem Sinn des Weihnachtsfestes.“ Er wurde nachdenklich und flog von Planet zu Planet. Bis er schließlich die Erde erreichte.

Der Kaufmann

Bald traf er auf einen sehr gut gekleideten Kaufmann, neben dem sich elegante Lederstiefel, Nerzmäntel und Christbaumschmuck türmten. Er hielt eine Goldkette in die Luft und rief: „Kauft, kauft, schaut es euch an: die alleredelste Qualität!" Der kleine Prinz trat einen Schritt näher. „Was wünschen Sie?", fragte der Kaufmann in einem schmeichlerischen Ton. Der kleine Prinz besah sich die Waren. Dann sagte er leise: „Eigentlich wollte ich Sie fragen, was der Sinn von Weihnachten ist." Der Kaufmann hörte einen Moment zu gestikulieren auf. „Der Sinn von Weihnachten?", fragte er verdutzt. Er bot dem kleinen Prinz eine Praline an. „Es ist die köstlichste Sorte!" –„Nein danke", sagte der kleine Prinz. Dann holte der Kaufmann ein paar Stiefel hervor. „Das Fell, samtweich!" Aber der kleine Prinz schüttelte den Kopf. „Hier, sieh dir diesen Ring an: Er schimmert grün und blau zu gleich!" Der Kaufmann drehte einen Ring vor den Augen des Prinzen und er glänzte wundervoll. Aber der kleine Prinz sagte nichts. Da wurde der Kaufmann böse. „Ich sehe, dass ich bei Ihnen nicht das kaufen kann, wonach ich suche", stellte der kleine Prinz traurig fest. Der Kaufmann blieb bei sei-

„Guten Tag", sagte der kleine Prinz. „Guten Tag", antwortete der Händler. „Warum verkaufst du dieses Zeug?", fragte der kleine Prinz.

nen kostbaren Kleidern und Schmuck stehen. Er sah dem kleinen Prinz noch nicht einmal nach, er dachte schon an den nächsten Kunden. „Antworten kann man nicht kaufen“, dachte der kleine Prinz. „Und das macht es so schwierig.“

So einer hört immer nur zu, wenn man ihn lobt.

Der Gelehrte

Auf seinem weiteren Weg traf der kleine Prinz einen Gelehrten. Es war eine sehr gebildete Person, der ständig die Brille von der Nase rutschte und die zwischen tausend Bücherstapeln umherlief. „Guten Tag“, grüßte der kleine Prinz höflich. „Ich möchte Sie nach dem Sinn von Weihnachten fragen.“ Dem Gelehrten fiel wieder die Brille von der Nase. „Der Sinn von Weihnachten? Oh, da muss ich überlegen, in welchem Buch ich nachschlagen muss!“ Er fing an, ein Buch nach dem anderen herauszuziehen. Bald lagen Hunderte von Büchern auf dem Boden. „Es tut mir leid“, er hatte einen Ton der Verlegenheit in der Stimme, „ich bin mir sicher, dass ich schon irgendwann einmal davon gelesen habe, aber ich kann Ihnen im Moment nicht weiterhelfen. Es sind einfach zu viele Bücher!“ – „Man muss sehr viel gelesen haben, um den Sinn von Weihnachten zu verstehen?“, fragte der kleine Prinz. „Ich denke schon“, antwortete der Gelehrte. „Ich nehme an, dass es sich um ein komplexes Thema handelt.“ „Aha“, erwiderte der kleine Prinz traurig. Er hatte nicht viele Bücher gelesen. Der Gelehrte gab ihm die Hand zum Abschied. „Ich lese und lese“, gab der Gelehrte zu. „Ich suche immer ein Buch. Wenn ich meine, ich

> „Was ist das für ein dickes Buch?“ fragte der kleine Prinz, „was machen Sie da?“

hätte es gefunden, stelle ich fest, dass es doch nicht das richtige ist!" Der kleine Prinz sah ihn nach einer neuen Lektüre greifen und sich tief versenken. Und er verschwand wieder hinter den Bücherstapeln.

Wenn es dir gelingt, ehrlich über dich selbst zu richten, dann bist du wahrhaft weise.

13

Der Redner

Als Nächstes machte der kleine Prinz die Bekanntschaft mit einem Redner. Er rezitierte gerade seine neue Rede. „Unglaublich, sensationell, weltbewegend, außergewöhnlich, atemberaubend ..."Der kleine Prinz stellte sich vor den Redner und tippte ihn an. Es dauerte eine Weile, bis der Redner sich unterbrechen ließ. Der kleine Prinz musste es ihm ins Ohr schreien: „Herr Redner, sagen Sie mir bitte etwas über den Sinn von Weihna chten." Der Redner stoppte. „Der Sinn von Weihnachten – oh jetzt bin ich aus dem Konzept gekommen ..." – „Können Sie mir nicht etwas dazu sagen ...?" Der Redner kratzte sich am Kopf. „Oh nein, wo bin ich ... – Der Sinn von Weihnachten? Nein, nein, ganz sicher nicht", ereiferte sich der Redner. „Wissen Sie dazu nichts zu sagen?", fragte der kleine Prinz noch einmal. „Genau", rief der Redner und schlug sich mit der Hand vor die Stirn. „Außergewöhnlich atemberaubend, traumhaft schön, brillierend ..." – „Was, Weihnachten?", freute sich der kleine Prinz. Aber der Redner ergoss sich wieder in einem Redeschwall. „Manche Menschen reden so viel, dass sie nicht gefragt werden brauchen!", dachte der kleine Prinz. Leise entfernte er sich.

Das viele Reden ist eine Quelle für Missverständnisse.

„Das ist lustig“, dachte der kleine Prinz. „Das ist sogar ziemlich poetisch. Aber es ist nicht ganz ernst zu nehmen.“ Der kleine Prinz hatte von ernsten Dingen eine ganz andere Vorstellung als die großen Leute.

Der Kaiser

Darauf traf der kleine Prinz einen Kaiser. Er hatte eine mächtige Krone auf dem Kopf und ein Regierungsbuch in der Hand. Der kleine Prinz verneigte sich. „Eure Hoheit, wissen Sie den Sinn von Weihnachten?“ Der Kaiser sah einen kurzen Moment über den Rand seines Regierungsbuchs hinaus. „Weihnachten? In meinem Palast wird immer ein Tannenbaum aufgestellt, dessen Spitze bis zum Dach reicht. Er wird von den Dienern mit roten Äpfeln und Mandelplätzchen geschmückt und nach dem Dreikönigstag wieder abgeräumt. Ich halte nicht viel von diesem Brauch.“

Der kleine Prinz sah sich nach einer Sitzgelegenheit um, aber der ganze Planet war mit dem prächtigen Hermelinmantel bedeckt.

„Warum?“, fragte der kleine Prinz.
„Weil es ein Brauch ist.“
„Ist es dann kein schönes Fest?“
„Hier finden genug Feste statt“, meinte der Kaiser und gähnte. Da er sehr vornehm war, hielt er sich eine Hand vor den Mund. „Immer ein anderes ...“
„Ich sehe“, stellte der kleine Prinz fest.
Der Kaiser sah wieder in sein Regierungsbuch. „Ich wünsche Ihnen, dass es ein besonderes Fest wird, ein einziges Mal“, der kleine Prinz sah ihn traurig an. „Wenn man so alt ist, wie ich“, gab der Kaiser zu be-

denken, „hören die Dinge auf, besonders zu sein.“ – „Vielleicht muss man ein Kind werden, um Weihnachten zu verstehen“, sagte sich kleine Prinz. Der Kaiser hörte nicht mehr zu. Er war wieder mit dem Regieren beschäftigt.

Er war ein absoluter Herrscher. Aber da er sehr gütig war, erteilte er nur vernünftige Befehle.

Der Mathematiker

Schließlich begegnete dem kleinen Prinz der Mathematiker. Er stand inmitten von kleinen und großen Rechenmaschinen. „7307, 7308, 7309 …“, murmelte er vor sich hin und schob Kugeln hin und her. „Darf ich sie für einen Augenblick unterbrechen?“, bat der kleine Prinz. „Mich interessiert der Sinn von Weihnachten.“ „7014“, zählte der Mathematiker weiter. Aber er hatte dem kleinen Prinz zugehört. Langsam gab er ihm zur Antwort, während er sich weiter mit seinen Kugeln beschäftigte: „Der Sinn sind die Zahlen!“ – „Warum?“, fragte der kleine Prinz. Der Mathematiker betrachtete ihn verächtlich, so, als ob er nicht zu wissen verstehe. „Weil sie mir sagen, was da ist!“ Er schob eine Kugel beiseite. „Zahlen fehlen nicht! Sie verlassen einen nicht. Man kann mit ihnen rechnen. Jeden Tag, jede Stunde.“ Der kleine Prinz besah sich die Kugeln und fasste darüber. „Aber sie sind hart“, gab er zu bedenken. „Es ist mir egal, wie die Dinge sind“, entgegnete der Mathematiker und rollte drei weitere Kugeln. „Sie erfüllen ihren Zweck und ich lebe gut damit.“ Der kleine Prinz wurde traurig. „Aber diese Kugeln. Sie weinen nicht und sie lachen nicht.“ Er dachte an seine Blume, an ihren Duft, an

Ich bin ein ernsthafter Mensch. Für Träumereien habe ich keine Zeit.

ihre Schönheit und die Blütenblätter, an denen Tautropfen manchmal wie kleine Tränen schimmerten. „Es ist wichtig das Wesen der Dinge zu erkennen“, sagte der kleine Prinz.
Aber der Mathematiker hatte sich schon längst nicht mehr für ihn interessiert. „7034“, murmelte er vor sich hin.

Er hat nie den Duft einer Blume gerochen. Er hat nie einen Stern betrachtet. Nie hat er irgendwen geliebt. Das Einzige, was ihn freut, sind seine Berechnungen.

16

Verloren

Der kleine Prinz setzte seine Suche fort. Er kam an einem Rosengarten vorbei. Er staunte über die vielen, vielen Rosen, die hier gepflanzt waren. Durch den winterlichen Frost waren sie mit Raureif überzogen, doch sie glänzten besonders zart in der Abendsonne. „Ihr seid wunderschön!“, sagte der kleine Prinz. Die Rosen reckten ihre Köpfchen nach ihm. „Aber sieh doch, es ist Winter. Wir werden sterben. Schon sind wir mit Eis überzogen“, klagten sie. Der kleine Prinz sah traurig zu ihnen, die, an denen die Eiskristalle im späten Licht funkelten. „Wir Rosen sind für den Frühling geboren. Aber jetzt ist es Winter.“ – „Bald fällt der Schnee. Der weiche Schnee!“, tröstete der kleine Prinz. „Er wird euch schützen.“ Aber sie glaubten ihm nicht. Trotzig setzten sie alle ihre Lebenskraft ein, um sich den letzten Sonnenstrahlen entgegenzustrecken. „Deshalb werden sie erfrieren!“, bedauerte der kleine Prinz. „Sie haben nicht akzeptiert, dass der Sommer zu Ende gegangen ist.“ Doch er konnte sie nicht bewahren. Traurig setzte sich der kleine Prinz. Er sah an den Himmel und wusste nicht mehr, wo sein kleiner Planet war. Verloren und verwirrt fühlte er sich.

> Ich werde wohl zwei oder drei Raupen ertragen müssen, wenn ich Schmetterlinge sehen will.

Aber die Augen sind blind.
Man muss mit dem Herzen suchen.

17

Antworten finden

Plötzlich jedoch sprühte es ein paar Funken vor dem kleinen Prinzen. Ein gleißender Lichtschein fiel auf den Weg. Fast musste er seine Augen zukneifen, so blendete ihn die Helligkeit. An der Spitze einer Tanne neben ihm entdeckte er einen Stern. Seltsam, befanden sich Sterne sonst nicht nur am Himmel? Der kleine Prinz traute seinen Augen nicht. „Du bist auf der Suche“, sagte eine freundliche, ruhige Stimme. „Ich bin der Weihnachtsstern. Viele, viele Jahre habe ich am Himmel geleuchtet.“ – „Ich hatte dich nie bemerkt“, gestand der kleine Prinz. „Du warst zu jung, um zu entdecken, dass es mich gibt. Man sieht nicht alles. Erst, wenn die Zeit dafür da ist.“ – „Warum bist du auf die Erde gekommen?“, fragte der kleine Prinz. „Damit die Menschen den Himmel verstehen.“ Der kleine Prinz dachte nach. Schließlich sagte er zaghaft: „Ich habe eine Frage! Ich suche den Sinn von Weihnachten! Keiner gibt mir eine richtige Antwort.“ Der Schweif des Weihnachtssterns funkelte. „Antworten kann man nur finden, wenn es die eigenen werden. Das macht es so kompliziert.“ Der kleine Prinz lauschte gespannt. „Das Wichtigste ist, sich auf den Weg zu machen!“ Der Stern leuchtete sehr

> Wenn etwas Geheimnisvolles einen gar zu sehr überwältigt, wagt man nicht, ungehorsam zu sein.

hell. „Vertraue darauf: Oft müssen wir im Dunklen losgehen, aber es wird immer wieder einen Stern geben, der den Weg erhellt!“

Du kommst also auch vom Himmel!

18

Sprunghilfe

Der kleine Prinz lief durch einen Winterwald. Da begegnete ihm das kleine Kaninchen. Der kleine Prinz staunte über seine Art Haken zu schlagen. Nach einer Weile näherte sich das kleine Kaninchen ihm plötzlich und bat: „Kannst du mir helfen, den Dreifachsprung zu lernen?“ Etwas beschämt gab es zu: „Es ist sehr wichtig für ein Kaninchenleben!“ – „Wie soll ich das tun?“, fragte der kleine Prinz. Das kleine Kaninchen führte ihn an eine tiefe, breite Grube. „Stelle dich hier neben die Grube und rufe: Kleines Kaninchen spring!“ – „Du wirst in die Grube fallen“, warnte der kleine Prinz. „Nein, ich werde den Dreifachsprung machen!“, sagte das kleine Kaninchen bestimmt und der kleine Prinz erkannte die Wichtigkeit seines Wunsches.

Man darf von jedem nur das verlangen, was der auch zu leisten vermag.

Der kleine Prinz stellte sich neben die Grube. Das kleine Kaninchen nahm einen Riesenanlauf und sauste auf die Grube zu. Aber kurz vor dem Absprung machte es Halt und rief: „Nein, das ist nicht genug! Kleiner Prinz, du musst rufen: Kleines Kaninchen du wirst den Dreifachsprung schaffen!“ Das kleine Kaninchen nahm einen zweiten Anlauf und es setzte zum Sprung an, aber plötzlich lag es auf dem Bauch. Es zitterte. „Es ist immer noch nicht genug! Kleiner Prinz, du musst rufen: Kleines Kaninchen hab keine Angst, du wirst den Dreifachsprung schaffen!" Der kleine Prinz stellte sich zum dritten Mal neben die Grube. Das kleine Kaninchen nahm so einen gewaltigen Anlauf, dass seine Ohren fast abflogen. Es sprang in die Luft und der kleine Prinz rief: „Kleines Kaninchen hab keine Angst, du wirst den Dreifachsprung schaffen!" Das kleine Kaninchen drehte sich dreimal über der Grube und kam dann auf der anderen Seite auf. Stolz reckte und streckte es sich und schlug drei Haken. „Danke, kleiner Prinz!", freute sich das kleine Kaninchen. „Danke, dass du mich den Dreifachsprung gelehrt hast!" – „Wofür bedankst du dich?", fragte der kleine Prinz. „Ich stand nur neben der Grube und habe gerufen." Das Kaninchen erwiderte: „Je größer deine Träume sind, umso mehr müssen dir deine Freunde springen helfen. Ein wahrer Freund ist, der deine größten Träume erkennt, aber auch ihre tiefste Grube." Und dann hoppelte es davon. Aber bevor es verschwand, sagte es: „Ich bin durch dich mutig geworden. Immer wenn ich meinen Sprung mache, werde ich an dich denken."

19

Erinnerungslücke

Bald fing es an zu schneien. Schwere Flocken fielen. Der kleine Prinz wischte sich die Augen, aber er sah nur dichten weißen Schnee. Langsam schritt der kleine Prinz weiter. „Wer keinen Mut mehr hat, der kann nicht leben!“, dachte der kleine Prinz. „Aber ihn zu finden, dafür brauchen wir Glauben.“ Er schaute an den Himmel. Hoch über den Tannen war ein Leuchten zu sehen. Es war, als ob ihm der Weihnachtsstern einen Funken schickte. „Und mit dem Glauben“, dachte der kleine Prinz. „Da wird es heller.“ „Jetzt weiß ich“, sagte er, „was Glauben ist. Und Mut.“ Der Schneesturm tobte, doch er ging immer weiter.

> Die Menschen wissen nicht mehr, was sie eigentlich suchen. Darum sind sie so rastlos und drehen sich im Kreis.

„Hallo, wer bist du?“ Ein kleines Wesen sprang vor seine Füße. Es war ein Eichhörnchen, das hin und her huschte. „Ich bin ganz aufgeregt“, klagte das Eichhörnchen. „Ich finde meine Nuss nicht mehr. Es ist die schönste und größte Nuss, die ich je in meinem Leben vergraben habe.“ Das Eichhörnchen schnüffelte über den Winterboden, kratzte hier und dort ein bisschen den Schnee auf. Schließlich sah es den kleinen Prinz Hilfe suchend und bittend an: „Kannst du mir helfen, kleiner Prinz, meine Nuss zu finden?“ – „Wie kann ich das tun?“, fragte der kleine Prinz, denn er war ein freundliches Wesen. „Sei einfach ganz leise und sieh mich an!“ Der kleine Prinz wunderte sich über das Eichhörnchen, aber er sah es gehorsam an. Das kleine Eichhörnchen überlegte angestrengt. Es zog die Stirn in Falten. Man hörte nur noch den Atem des kleinen Prinzen. „Es ist noch zu laut!“, entschied das kleine Eichhörnchen mit Bestimmtheit. „Halte für einen Moment die Luft an!“ Der kleine Prinz hielt, so gut es ging, den Atem an. Auf einmal blitzten die Augen des kleinen Eichhörnchens und es ging ein Zucken durch seinen Körper. Wie der Blitz huschte es unter einen Baum und grub bei einer dicken Wurzel. Schnee flog in alle Richtungen. Dann kam es stolz mit der Nuss zurück. „Vielen Dank, kleiner Prinz, dass du mich gelehrt hast, meine Nuss zu finden.“ Seine Augen strahlten. „Aber ich war doch nur ganz leise und habe dich angesehen!“, meinte der kleine Prinz. „Wichtige Dinge erkennt man erst, wenn man sich entschließt, leise zu sein. In der Hast gräbt man immer an den falschen Stellen!“, erklärte das Eichhörnchen. „Wir müssen manchmal die Stille aushalten. Und in der Stille finden wir unsere Reichtümer wieder.“

Gesangsunterricht

Der kleine Prinz setzte seine Reise fort. Über ihm war der unendliche Sternenhimmel. Die Stille der Nacht bedeckte alles. Aber es war nichts, was ihn unglücklich machte, sondern glücklich. In das Schweigen brach ein zartes Glockengeläut. Von hellen Glocken und dunklen Glocken. Wunderschön klang Ton für Ton. „Ich hätte es nie gehört“, dachte der kleine Prinz. „Wäre ich nie aufgebrochen in die einsame Winternacht. Dort habe ich es gefunden. Nirgendwo anders.“

> Gib mir nicht, was ich mir wünsche, sondern das, was ich brauche.

Im Morgengrauen flatterte auf einmal etwas vor ihm aus dem Gebüsch. „Was ist das?“, erschrak der kleine Prinz. Ein kleiner Vogel kam herausgeflogen. „Nicht erschrecken“, rief er aufgeregt. „Ich bin nur ein kleiner Vogel.“ Und er flatterte schnell auf ein paar hohe Äste über dem kleinen Prinzen.

„Bringe mir Singen bei!“, bat der kleine Vogel – „Ich werde dir die schönsten Melodien singen!“ – „Ich weiß aber nicht, wie ich das tun soll?“, antwortete der kleine Prinz. „Ich werde jetzt auf einen hohen Baum fliegen“, meinte der kleine Vogel. „Bleib stehen und laufe nicht weg! Denn nur, wenn du stehen bleibst, lerne ich singen!“ Der kleine Vogel flog bis in die höchsten Zweige. Überrascht sah ihm der kleine Prinz nach. „Ich bin ein sehr schüchterner kleiner Vogel“, entschuldigte er

Lehre mich die Kunst der kleinen Schritte.

sich verlegen. „Niemand hat mir bisher Singen beigebracht.“ – „Ich kann dich nicht mehr sehen“, rief ihm der kleine Prinz zu. „Das macht nichts“, antworte ihm der kleine Vogel, „ich weiß aber, dass du zuhörst!“

Der kleine Prinz blieb gehorsam stehen. Er wartete. Irgendwann hörte der kleine Prinz von oben aus den Tannenzweigen: „Du bist noch zu nahe. Ich werde noch ein bisschen höher fliegen!“ Der kleine Vogel flatterte auf die dünnsten Zweige in der Spitze. „Ich bleibe da“, beruhigte ihn der kleine Prinz. – „Danke!“

Der kleine Vogel sang leise und zaghaft ein paar Töne. Dann eine kleine Melodie. Seine Stimme zitterte. Und plötzlich hörte der kleine Prinz das Lied. Das Lied des kleinen Vogels. Es klang klar und wunderschön durch den Winterabend. „Es ist heiter und sehnsuchtsvoll“, bewunderte es der kleine Prinz. „Traurig und beschwingt zugleich!“

Eben die Zeit, die du deiner Rose zuliebe verloren hast, macht sie so wichtig.

Als der kleine Vogel geendet hatte, kam er zu ihm heruntergeflogen. „Danke, dass du mich Singen gelehrt hast!“ – „Wieso“, fragte der kleine Prinz. „Ich habe doch nur hier gestanden.“ – „Du hast mir zugehört. Nur wer mit dem Herzen hört, wird anderen Mut zum Singen geben.“

Der kleine Vogel verabschiedete sich, zwitscherte eine kleine Melodie. Gerührt dachte der kleine Prinz über seine Worte nach.

Plötzlich flog der Vogel noch einmal zu ihm zurück. „Du hattest Geduld mit mir. Manchmal müssen wir lange auf etwas warten. Dadurch gewinnt es aber gerade seinen Reichtum für uns. Vieles wird uns nicht einfach so geschenkt. Aber dann, wenn es da ist, können wir uns umso mehr freuen.“ Und mit leichtem Flügelschlag entfernte sich der Vogel.

Das ist eine sehr schöne Beschäftigung. Sie ist wahrhaft nützlich, eben weil sie schön ist.

Das Fest des Lichts

Der kleine Prinz spürte sein Herz schlagen. „Wir achten so oft nicht darauf!“, dachte er. „Und dann werden wir ungeduldig.“ Der kleine Prinz er sah an den Himmel und entdeckte wieder seinen Planeten. „Manchmal verlieren wir etwas, um es wiederzufinden. Nur neu und anders.“ „Kleiner Prinz“, rief der Weihnachtsstern. „Hast du deine Reise beendet?“ Der kleine Prinz sah in die Helligkeit. Er schwieg eine Weile. „Wir werden geführt“, erklärte der kleine Prinz. „So, wie du mir geleuchtet hast.“ Dann sagte er: „Weihnachten ist das Fest des Lichtes.“ Der Weihnachtstern lächelte ihn an. „Wir gehen ins Licht. Auch, wenn wir aus der Dunkelheit kommen und die Dunkelheit immer wieder nach uns greift. Das ist die Botschaft von Weihnachten. Der tiefe und letzte Sinn.“ Ich lauschte immer noch angeregt. Inzwischen war es dunkel geworden und die Straßen leer. Bitterkalt wurde es. Wir beide gingen durch die Gassen, an hell erleuchteten Fenstern vorbei, hörten Gelächter und rochen den Duft von gutem Essen. Wir kamen zu einem kleinen Platz in der Mitte der Stadt. Ein Weihnachtsbaum war aufgerichtet. Kerzen brannten. Wir standen andächtig da. „Schau in das Licht“, sagte der kleine Prinz. „Vergiss es in deinem Herzen nicht mehr!“

> Es war wie ein Geschenk, das dem Herzen wohltat.

Nur du wirst Sterne haben, wie keiner sie hat.

22

Der Abschied

Ich sah in die Kerzen und ich spürte, wie etwas in mir entzündet wurde. „Keine Dunkelheit ist so groß, dass nicht ein Licht in ihr scheinen kann. Wir haben nur den Glauben daran aufgegeben!“, sagte der kleine Prinz. Ich erwiderte: „Aber diese Kerzen werden niederbrennen!“ Der kleine Prinz sah mich sanft an und antwortete: „Es gibt ein Licht, das nie aufhört zu scheinen.“ Wir schwiegen wieder. Die Kerzen brannten langsam herunter. Ich sah den kleinen Prinzen an und der kleine Prinz mich. „Ich werde dich verlassen!“, sagte der kleine Prinz. „Bald werde ich nicht mehr sein. Aber du musst nicht traurig sein. Ich gehe nur nach Hause. An den Ort, wo ich das wiederfinde, was ich meinte, verloren zu haben.“ Plötzlich bekam der kleine Prinz blaue Lippen. Ich spürte, dass er bald erfrieren würde. Ich wollte ihm meine Jacke reichen, aber er wehrte ab. „Halte mich nicht auf. Du wirst weinen, aber in all deinen Tränen sollst du meine Freude spüren, an dem Ort zu sein, der mich glücklich macht. Zünde deine Kerze an! Gib dein Licht weiter“, forderte der kleine Prinz mich auf. Ich kramte eine Kerze aus meiner Manteltasche, das Einzige, was ich an

> Du wirst für mich einzigartig sein auf der Welt. Und ich werde für dich einzigartig sein …

jenem Tag auf dem Weihnachtsmarkt gekauft hatte. Er schien es gewusst zu haben. Ich entzündete sie an einem der letzten glimmenden Dochte. Meine Kerze flackerte in der dunklen Nacht. Und so leise, wie der kleine Prinz in mein Leben getreten war, verschwand er auch wieder.

Wenn er seine Laterne anzündet, ist es, als würde in der Welt ein neuer Stern geboren.

23

Licht werden

Ich ging mit meiner Kerze in eine Kirche. Sie war einsam und verlassen, denn jetzt war keine Zeit für einen Gottesdienst, aber sie war offen. In die dämmrige Stille lief ich mit meinem Licht und setzte mich auf eine der Bänke in der vorderen Reihe. Vor meinen Augen waren Maria und Josef und alle Krippenfiguren. Das Jesuskind lag in der Krippe. Unschuldig und zart wirkte es, wie es da lag im Stroh, der Rohheit einer harten Welt ausgesetzt. Ich lächelte und dann zündete ich mit meiner Kerze alle Kerzen in der Kirche an. Auf einmal erstrahlte der Raum in einem wunderbaren weihnachtlichen Licht. Und es war so, als ob sie mit mir reden würden, als ob alles lebendig würde, die Krippenfiguren und die Heiligen von den Bildern an den Wänden. Ich vergaß meine Einsamkeit, vergaß, dass es nur mich gab, der hier saß, und war plötzlich aufgenommen in den Kreis derer, die glaubten. Ich sah das kleine unscheinbare Jesuskind, das wie aus einer zarten Wurzel heranwuchs. Vor meinen Augen erschien der Helfer und Menschenfreund, der göttliches Leben in die Welt brachte. Göttliche Liebe flutete den Raum. Der Tod kann sie nicht besiegen, auch wenn menschliche Ideale und Ideen einer gerechten und heilvollen Welt

> Man sieht und hört nichts, und dennoch strahlt etwas in der Stille.

scheitern. Meine Kerze begann langsam hinunter zu brennen, so wie vieles in unserem Leben erlöscht. Doch bevor meine Kerze niedergebrannt war, verließ ich die Kirche. An der Wand draußen lehnte ein Bettler, der gerade im Aufbruch war, sich um ein Nachtquartier zu kümmern. Ihm schenkte ich meine Kerze. Er lächelte. Und er hatte eine Träne in den Augen. So, als ob er begriffen hätte.

Als ich ein kleiner Junge war, ging der eigentliche Zauber des Geschenks, das ich zu Weihnachten bekam, nicht von diesem selbst aus, sondern von den Lichtern am Weihnachtsbaum, der Musik der Christmette, der Schönheit der lächelnden Gesichter.

Heimkehr

Und als ich nach Hause durch die Dunkelheit ging, leuchtete plötzlich ein Stern besonders hell am Himmel. Er strahlte. Und dieser Stern war kein Stern mehr wie jeder andere. Es war, als ob mir der kleine Prinz zurufen würde: „Keine Nacht ist so finster, dass in ihr nicht ein Licht scheinen könnte." Und seltsamerweise sah ich ihn dann. Den kleinen Prinz, wie er auf seinen Planeten zurückkehrte und seine Rose wiederfand. In der Erde war die Wurzel zurückgeblieben und aus dieser war seine Rose wiedergeboren. Sie war wunderschön, so wie der kleine Prinz sie in Erinnerung hatte, und blühte und blühte. Jetzt freute sie sich, den kleinen Prinzen zu sehen. „Das Leben geht nicht verloren", sagte sie. „Nur die Gestalt ändert sich. Aber jetzt bin ich zurückgekommen, sodass du mich erkennst." Lange hatte der kleine Prinz es nicht glauben können: seine Rose. Sie war wieder da und blühte für ihn.

Die Sterne sind schön, wegen einer Blume, die man nicht sieht.

Ich dachte an die Christrose und spürte plötzlich, dass die Wurzeln unseres Lebens woanders liegen. Dort, wo sie keiner zerstören kann. Nur manchmal haben wir unseren Glauben daran aufgegeben.

Ich bitte nicht um Wunder und Visionen, Herr,
sondern um die Kraft für den Alltag.

Nachwort

Am 31. Juli 2014 ist Antoine de Saint-Exupérys 70. Todestag. Weltweit bekannt wurde er vor allem durch sein Buch „Der kleine Prinz“, von dem über 80 Millionen Exemplare verkauft wurden. Berühmte Zitate wie „Man sieht nur mit dem Herzen gut“ und „Du bist zeitlebens für das verantwortlich, was du dir vertraut gemacht hast“ haben unzählige Karten geziert und werden von Generation zu Generation weitergereicht. „Der kleine Prinz“ hat Unsterblichkeit in der Leserwelt erreicht und ist als Klassiker aus den Bücherregalen nicht mehr wegzudenken. Aus der Geschichte entstanden Bühnentexte, Verfilmungen und die Figur des kleinen Prinzen findet sich auf Kalendern, Postern und Tassen.
Wer der Schöpfer des „Kleinen Prinzen“ als Mensch war, wissen viele nicht. Im Folgenden soll daher seine Biografie kurz umrissen werden.

Der Mensch Antoine de Saint-Exupéry
Antoine de Saint-Exupéry wurde am 29. Juni 1900 in Lyon geboren. Er hatte vier Geschwister und verlor früh den Vater. Antoine wuchs in Südfrankreich in einer begüterten Sozialschicht auf. Seine Schulzeit verbrachte er ab dem Jahr 1909 in Internaten. Schon in seiner Jugend begeisterte sich Antoine de Saint-Exupéry für das Fliegen und träumte davon, Pilot zu werden. Exupérys

berufliche Pläne scheiterten zunächst: 1917, nach seinem Abitur, versagte er bei der Aufnahmeprüfung der Ecole navale, sodass ihm eine Pilotenausbildung zunächst nicht möglich wurde. Im Fach Literatur (!) fiel Exupéry zweimal durch. Er studierte Architektur, machte aber keinen Abschluss. Schließlich absolvierte Exupéry 1921 einen Wehrdienst bei der Kavallerie in Straßburg und machte eine Ausbildung zum Flugzeugmechaniker. Die Armee verweigerte ihm jedoch eine Ausbildung zum Piloten, weil er keinen Vorbereitungskurs absolviert hatte. Fliegen – neben Schreiben die größte Leidenschaft in Exupérys Leben – lernte Exupéry nur, indem er privat Flugstunden nahm. 1923 war Exupéry vollkommen verarmt. Langsam bekam Exupéry Kontakte zur Pariser Literaturszene. Ab ungefähr 1925 begann Exupéry zunehmend als Pilot zu arbeiten und sich auch als Schriftsteller zu betätigen. In den 30er- und 40er-Jahren hatte er schließlich größere literarische Erfolge und wurde ein anerkannter Autor.

Exupéry hätte das Kriegsende als wohlhabender Exilautor abwarten können, trotzdem sah er sich immer wieder in der Verantwortung, sich im Rahmen seiner Möglichkeiten im 2. Weltkrieg einzusetzen. So kämpfte er als Pilot gegen die Besatzung des NS-Regimes. Dabei war sein Leben als Pilot im Widerstand ständiger Bedrohung ausgesetzt. Im Alter von nur 44 Jahren kehrte Exupéry von einem Aufklärungsflug nicht mehr zurück. Vermutungen gehen davon aus, dass er über dem Mittelmeer abgeschossen wurde.

Interessant und Mut machend an Exupérys Biografie ist, dass Exupéry zunächst in den Bereichen, in denen er sich später großartig bewährt und sogar weltweite Anerkennung fand, scheiterte. Er ist kein Erfolgsmann gewesen, der von Anfang an im wahrsten Sinne des Wortes durchstartete. Vielleicht sind seine Stärken gerade so zu sehen, dass er sich durch Misserfolge nicht entmutigen ließ und seinen humanitären Idealen treu blieb.

Spiritualität Exupérys

Durch was wurde Exupéry in seiner Lebenseinstellung getragen? War es ein Werte-Altruismus gegen den Werteverfall, den er kritisierte? Vielleicht haben gerade aber auch seine christlichen Wurzeln, mit denen er sich auseinandersetzte, Exupéry geholfen, im Leben voranzugehen und sich nicht erschüttern zu lassen. Antoine de Saint-Exupéry war ein zutiefst spiritueller Mensch. Er rechnete mit der Transzendenz und war sich bewusst, dass unsere Sinne und unser Verstand nicht alles fassen können. Auf seiner Suche nach Sinn und Lebenserfüllung gab ihm dies sicher Halt. Nicht zuletzt hat ihm seine Spiritualität vermutlich auch die Kraft gegeben, mehr als das diesseitige Leben zu sehen und sein Leben loszulassen in der Gewissheit, dass es nicht verloren geht.

Lasst euch Zeit, ich bitte euch, wartet ein bisschen
– genau unter dem Stern.

Bibliografische Information der Deutschen Nationalbibliothek
Die Deutsche Nationalbibliothek verzeichnet diese Publikation in der Deutschen Nationalbibliografie;
detaillierte bibliografische Daten sind im Internet unter http://dnb.d-nb.de abrufbar.

Bildnachweis
Cover und Innenbilder: © Antoine de Saint-Exupéry
Kapitelanfänge: © tina bits/Fotolia.de

Besuchen Sie uns im Internet unter:
www.st-benno.de

Gern informieren wir Sie unverbindlich und aktuell auch in unserem Newsletter zum Verlagsprogramm, zu Neuerscheinungen und Aktionen. Einfach anmelden unter www.st-benno.de.

ISBN 978-3-7462-5071-7

Covergestaltung: BIRQDESIGN, Dresden
Gesamtherstellung: Kontext, Lemsel (B)